KB008407

현대시세계 시인선 156

초록 가시의 시간

초록 가시의 시간

도서출판 북인

시인의 말

아주 오래도록 '왜?' '하필'에 붙잡혀 있었다.
기다림과 주저함의 시간이 길어졌을 때 비로소 알았다.
그 답은 '그냥'이었음을.
하여 나는
앞으로 아주 오래도록 '그냥' 쓸 수 있기를 바란다.

낮고
작고
소박한 시詩
쉽지만 어렵고
평범하지만 특별한 저 세계를 내내 지향할 수 있었던 힘
'그냥'
그러니 나의 시집이 그대들에게 '그냥' 읽히길 바란다.

심진용. 곽지희. 김기홍. 이종갑. 곽재형. 이건우. 그리고
사랑하는 아들 심자운. 감사합니다.

2023년 11월

차례

2부

3부

4부

1부

전생前生

구두를 잃어버렸다 그저 소박하게 살았던 지인의 소박한 장례식장에서였다 옆 상가喪家와 뒤섞인 출입구 잠시 주인으로부터 자유로워진 신발들끼리 새로운 질서를 만들고 줄을 서야 한다며 술렁거리는 사이 슬그머니 내 신발이 낯선 주인을 따라가버린 모양이다 뒤늦게 짝짓기 프로그램 출연자 같은 얼굴로 나타난 임자를 찾아 신발들 흩어지고 난 뒤 우두커니 남겨진 낡은 신발 한 켤레 내 눈치 보며 안절부절 못한다 보아하니 얘야, 너도 나만큼 고단한가보구나 뒤축도 닳고 앞창도 살짝 들린 그놈 내려다보다 눈 질끈 감고 발 들이밀었다 양말 신겨지듯 착 달라붙던

채석강

뽀얀 발뒤꿈치 간질이는 물살 무릎 구부리면 산모퉁이 양지쪽엔 벌써 연분홍 산벚꽃 점령지 백성들 한숨처럼 해무 피는 저녁나절 멀리 서라벌의 북소리 여기 돛을 내린다 두 손 모으고 층층이 다져진 시간 앞에 서면 깊은 바다에서 한나절 잘 보낸 송어들 우르르 저녁 마실 나와 사람 구경하는 사이, 미처 묻히지 못한 시간의 갈피에서

동백꽃 붉은 꽃술 터트렸겠다
폭죽처럼 터져 별로 떠올랐겠다
해무 같은 전설 속 손 집어넣었겠다
만파식적 푸른 숨결 읊조렸겠다

피었다, 냉이꽃

세상은 한결 달콤해졌는데 입덧하는지 자꾸 속 메슥거리지 뭐야 가을 새벽 모기처럼 편두통 뚫고 수신되는 구분 모호한 단어들 자꾸 귓바퀴 쏘아대지 뭐야 모른 척하기 민망해 망설이다 구멍 안으로 촉수 밀어 넣어보았지 뭐야 더듬이 끝 모아지는 느낌 몹시 눅눅하거나 딱딱해 마음 또 휘청 헛발질했던 거지 뭐야 흘러내리는 화면 부끄러워하는 말초신경 달래 주머니에 담아 일어서는데 무릎에서부터 기어 올라오는 서둘러 끓인 라면처럼 시절을 가늠할 수 없지 뭐야

밖엔 낙화 분분紛紛한 날

베스트 드라이버

같은 패를 지워야 하고 연결 시 두 번 이상 꺾여서는 안 됩니다 자유로우려면 규칙을 잘 지키세요 몰두하되 몰입하지 말고 직시하되 멀찍이 거리두기를 권합니다

패만 보지 말고 판 보는 연습 절대 필요합니다 마음대로 되지 않는다고 조급해하지 마세요 차근차근했어도 안 될 땐 마음 접으세요 접은 다음 미련 가지지 말 것 한 판 이겼다고 들떴다간 바로 지게 됩니다 지난 판의 패인 잊지 마세요

여기까지 써놓고 빙긋 웃는다
넘어지기 전
깨달았더라면

포물선

찐득거리는 늪 건너
또 하얀 길 따라 한참,
너는 어디 푸른 나무 그늘에 먼저 도착해
햇단오부채를 준비하고 기다리겠노라 했다

세상은 말끔하게 성형한
미인
길 잃은 아이인 척
눈물마저 찔끔거리며 그 세상을 떠보지만

우리의 약속
이미 품속에서 싹 틔우고 꽃도 피웠다고
유통기한 들먹이며
재촉하는데

차라리
오늘 하루 발길 멈춰야 하나
축척을 계산해봐도
너무 먼

노랗다

길가 양지쪽에 앉아 막걸리 병째 들이켜는데 엉덩이춤에 놓인 과자봉지 자꾸 들썩거린다 끼니때 한참 지났을 시간 얼굴에 오르는 취기

검다

차도에서 겨우 한 발 비켜 세운 손수레 접힌 과일상자 달랑 한 장 종일 골목 뒤졌지만 돈 될 만한 물건 건질 수 없던 오늘 어둠 골목에 꽉 차도록 아직 남의 집 앞 뒤적인다 이미 취기는 가시고 훨씬 얇아진

어깨

신경 모두 동원해 일용한 양식이 될 것 찾아보지만 손수레엔 노란 색 어둠 수북하다 종일 햇살 한 움큼 아쉽던 오늘 그도 마스크가 있어야겠다

밥줄

혹시나 행여나 말 아끼고 숨도 참은 줄타기의 마지막 우리네들 일상이 내 것인데 내 맘대로 부려지지 못하는 바,

겨우 유치한 핑곗거리 만들어 내 손모가지 변명하는 것밖엔 달리할 수 있는 것도 없다 늦게까지 책상머리 지키고 앉았던 것도 왠지 모를 마음이 그리하라 시켰겠지만

공원 불빛 아래 대낮인 양 공놀이 즐기는 젊은 사내들 흘끔거리며 퇴근하던 길 왈칵 눈물 쏟아졌다

아, 밥이 생각났다 따끈따끈한 밥 한 숟가락 불현듯 내 목구멍이 측은해져서 누가 알아볼까봐 텅 빈 플랫폼이나 서성거렸다

광화문 연가

하얀 수돗물에 섞어 하수구로 흘려보낸 다짐 잊고 사는 것과 놓칠까봐 안간힘쓰는 것의 목록을 작성해야겠다

지금, 논바닥까지 갈라졌더라는 마른장마

힘껏 수도꼭지 돌려 잠그는 손 내려다보며 갈라진 논바닥과 검게 탄 벼 포기를 어쩌라고 중얼거린다 책상 위 헤픈 여자의 앞섶처럼 헤쳐놓은 메모지에 오늘의 명언 따위나 기웃거려보지만

지금, 논바닥 갈라졌더라는 마른장마

장마전선은 능선 오르내리다 숨넘어갈 거 같다 엄살이나 떨더니 허옇게 허벅지 드러난 치마 입고 놀러 나가버렸다지

지금, 논바닥 갈라졌더라는 마른장마

더는 기우제 따위 먹히지 않는 평평한 시간 마른 한숨과 눈물의 나날들

시래기를 삶다

주둥이 풀린 수소 풍선처럼 날개 치며 달아나버린 시간을 계산하느라 담장 아래 쭈그려 앉아 있다 오래되지도 않은 시절 되돌아보면 단정한 선분을 그어내지 못해 민망한

시래기 삶는다 지난 가을 추녀 끝 널어둔 푸른 줄거리들 겨우내 칼바람에 시달리면서 물기 감추느라 분주했을 잎맥들 목젖 깊숙이 삼켰던 여름 빛살 게워낸다

옷자락 잡아당기며 들러붙던 삭정이까지 푹 삶겨 물러지고 나면 장맛비 개인 아침 상추보다 더 보드라워질 테니 그러니 내일은 또 오늘보다 햇살 참 맑을 테니

이제, 너를 보낸다

강은 깊은 밤에만 돌아왔고 머리맡에 앉아 젖은 양말 벗으며 깊은숨 뱉어냈다 11월처럼 하얗게 벽에 들러붙는 입김 걷어내면 곧이어 낮 동안 네가 거느리고 다녔을 길들 흑백영화로 재생되었다

진흙 속 미꾸라지처럼 꿈틀거리는 장면 헤집어 네가 건네주던 검붉은 여름의 마지막 장미 가끔 애매한 표정으로 올 풀린 스타킹 들여다보는 콧날이 슬퍼 이불 끌어올려 얼굴 가린 다음에야 눈 뜨곤 했다

그런 밤이라야 소리는 어둠을 먹고 빠르게 자랐다 화염처럼 일렁이는 물소리 모아 당기면 그물에 달려져 나오던 새파란 물굽이 비로소 길 트이고 쏟아져 들어오던

쉘 위 댄스

나는 아직 차도 없고 콘도 회원권도 없어요 터미널 나가 북적거리는 사람 속에 묻혀 버스표도 사야 하고 옯게 화장실 냄새 깔린 대합실에서 모르는 사람들 땀 냄새와 함께 시간을 보내야 할지 모르겠습니다만

혹시 멀미로 고생할 그대 위해 박하사탕을 준비할 순 있습니다 인쇄 상태 좋은 소설책과 시집도 한 권씩 배낭에 넣을 수 있고요 짐이야 좀 무거우면 어때 그런 맛으로 여행은 떠나는 거야 서로 통한 듯 너스레 떨며 가볍게 장난칠 수 있다면 어떠신지요

갈수기渴水期

지금
세상은 억센 손아귀와 집요한 뿌리의 시절
힘겨루기에서 밀린 바람
눈치 없는 시누이처럼 해살거리며
여자의 목에 깊게 패인 주름살을 밀고했다
흑백사진 속 볼 통통하던 새댁
고왔던 모습 이제 검버섯 몇 개 피워올린
노목이 되었고
사용기한 지난 자궁에
억새가 자란다

다들 몹시 목이 말랐다

밤이면 모닥불 피워올리고
낙타를 잡았다
타들어가는 입술이나 겨우 축이며
기우제를 지내야 한다고 쑥덕거렸지만
기원이 도달하기에
대기권은 늘 너무 높았다 그래도
아침이면 어김없이 달력에 가위표 해가며

고개를 빼
골목 어귀 내다봤다

김씨

늙은 개 한 마리 끌어안고
지하도 한쪽 웅크린 채 같이 잠이 든다

꿈속에선 하얀 손의 누이
세숫대야에 따뜻한 물 담아다 얼굴을 씻겨준다

새벽 추위에 늘어진 눈꼬리 타고
이내 여섯 살 적 낡은 웃음들 흘러내린다
늙은 여자처럼 웃다가 치매 할머니처럼 울다가
돌아눕는
사이,
화들짝 놀라 눈을 뜨면

다행이다
아직 첫 차가 당도하지 않았군
콧등에 매달린 식은 눈물 닦다가
문득 생각났다 내일은
설이구나

까치가 있는 풍경

오늘 석양이 조금 더 있어주면 좋겠다 두꺼운 발톱 감춘 손전등 모퉁이 돌기 전 아무렇게나 담은 일상 쓰레기처리장에 내다버렸던 나는 잊어버린 비밀번호 생각해내느라 복잡한 골목길 더듬어 되올라가야 한다

약속 따위 아무렇지도 않게 미뤄버리는 내일 덕분에 가슴에 잔금 하나 더 늘리고 입주자 눈치봐가며 한밤의 냉기까지 걱정해야 하는 경비원처럼 물통 하나쯤의 근심 금방 채운다

퇴근하는 사람들에게 떠밀려 서는 환승역 플랫폼 연탄불 꺼트린 난로보다 씁쓸한 저녁

우회전 일단정지

아홉 살짜리 아이 같은 일상을 서류가방에 쓸어담아 들고 나선다 일용할 양식 고민하는 척 뒤뚱거리는 능청스러운 궁둥이들 빨갛게 눈 밝힌 딱정벌레처럼 일제히 고치를 향해 움직인다 단정한 넥타이와 반짝이는 하이힐 몰려가 사라진 지하철역 입구 누군가 잃어버렸을 쇼핑백 안엔 이제 막 개봉한 영화와 달콤한 수다 잘 접힌 채로 담겨 있지만

전철 창밖으로 유유히 흘러가는 것은 한가로웠던 그들의 오늘 바람은 항상 수직으로 불고 지독한 변비 앓는 도시는 언제나 푸석한 얼굴 웬만해선 눈을 뜨지 않는다

벌써 아홉 시. 기다려.

나의 오늘도 곧 파자마로 갈아입혀줄 테니 아주 오래오래 시체놀이를 즐기게 해줄 거야 고생했다

2부

나의 연애는 아직 푸르다

나는
너무 일찍 눈먼 여자 그리고,

덤불 속 깊숙이 숨어 사냥감 기다리는 올무
풍화작용으로 가슴선 흐트러진 암각화 속
젊은 여신 숭배하는 늙은 사냥꾼
딱딱한 근육 위 좌악 펼쳐지던 질투가
석순처럼 자라 새로운 암호가 된
새벽기도

손끝으로 벽 더듬어 완성하지 못한 주문 유추해내느라 빈 동공 더 깊어져가고 얇은 수맥 따라 이마 위로 떨어져 내리던 언어 마른 입술 축이면 입사각 한껏 키운 빛살 닥트 핀처럼 꽂히는 거기,

암각화 위 붉은 꽃잎

습기제거제

눅눅한 장마철 바람을 대동하고 나타났다 고슬고슬한 그늘이 아쉬웠으므로 그런 등장이 못마땅해 고개 돌리곤 무심한 척 거리를 계산하는 것이었는데 영악해질 대로 영악해져 이미 숫자로 표현되는 거리란 없단 걸 알고 있으므로

서로 부딪히지 않을 만큼 어깨 움츠리고 지나쳐갔다 아직 여름을 뿌리치기엔 내 열망 더 지독했으나 달리 방법 찾기도 어려웠다 한낮 늘 내 앞에 펼쳐져 있어 걷고 또 걷던

찬란燦爛

새로 구입한 지도엔 해독되지 않는 난수표처럼 밤의 표면에 얇게 물수제비 뜨며 내려앉는 꽃잎 오아시스 여전히 멀고

여기와 저기

허리 꼿꼿하게 세운 베두인족처럼 내내 옆얼굴만 보여주는 낮달 이름 모를 언덕 지나며 주억거리는 뒤늦은 고해 오늘 낙타가 되어 걸어갈 사막 캄캄하지만 촘촘한 일상쯤 이제 좀 나긋해도 괜찮다고 노곤한 저녁이면 언제나 반걸음 먼저 당도해 불 댕겨놓던

거기와 여기

7080 라이브 카페

소년
길 더듬어
드디어 창문 아래 도달했다
휘파람 날리면 창문 열어 라푼젤처럼
긴 머리 내려주리라 믿었겠지만
오래 전
이미 사내아이처럼 짧게 잘라버렸노라고
이젠 위태로운 창밖 따윈 발바닥 간질거려
내다보지 않는다고
잃어버린 시간을 확인시키는 것은
내게도
조금 괴로운 일이었으므로

지나간 사랑이라고
한번 넌지시 불러보았던 것인데

숨은그림찾기

출근시간 환승역처럼 흐트러지는
분홍꽃그늘
한 모퉁이

본다

후루룩 솟구쳐올랐다 우아하게
떨어져 내리는
꽃잎들
치수를 늘렸음에도 여전히 낭창낭창한 그녀의

허리

머지않아 채송화 피겠구나 느닷없이
빨간 치마 들썩이더니
윤기 흐르는 초록 더는 못 참겠다
고개 내민다
그대 뽀얀 잇몸은
너무 아득한데
슬그머니 지운 이름 위 소행성처럼
번호로만 불리는

위대한 계보

청동 언어들
책갈피에서
와르르 쏟아졌다

어느 이름 없는 학교를
나왔노라는 은밀한 수다
약오른 밭마늘처럼
손톱 밑 파고들어
오래도록 아리다

빛 책장에서 바스러졌고
바람 불 질렀던가
불꽃 너머 숯가마보다 벌겋게
달아오르더니

늦가을 햇살에 눈먼 여자
새파랗게 잘 닦인 언어를
쓸어 담던
청동 여자
보이지 않는다

안개주의보

낯선 냄새 앞세워 몸 낮춘 아침 잠시 눈돌리자 먹이 노리며 맴돌던 들개들 곧장 도시로 밀고 들어왔다 오늘은 크리스마스이브

어디선가 경쾌한 캐럴 두 발 콩닥거리며 달려나오다 멈칫 숨어버렸다 골목 샅샅이 뒤지는 점령군 군홧발 소리 겁에 질린 사람들 빛 잃어버린 눈빛을 창문과 창문 넘겨 도망시켰다

너무나 평화로운 축복의 시간이 우리 앞에 와 있는 거라고 어서어서 나와 은총을 받아가라고 텔레비전 속 매끈한 아나운서 목에 핏대 세워가며 부추겼지만 우리는 그저 너무 진한 안개 속으로 걸어 들어가야 할 일만 무서웠다

생활의 발견

마음이 모래밭인 날 나도 허름한 술꾼이 되고 싶다 기왕이면 눈웃음도 살살 쳐주고 탁자 지날 때마다 안 그런 척 엉덩이 한 번씩 스쳐주는 좀 헤퍼보이는 여자 있는 술집에 앉아 그냥 저렴한 술에 저렴하게 취해보고 싶다.

괜히 되지도 않을 농지거리도 하고 걸쭉한 음담도 하고 그러다가 거르지 않은 쇳소리 섞인 욕지거리도 하고 뭐 아직 식지 않은 피가 흐르는 척 괜히 옆사람에게 시비도 걸고 그러다 멱살잡이도 하고 힘 딸려 시멘트 바닥이거나 빗물 고인 진흙탕에 메다꽂히기도 하고 그렇게 집에 돌아오는 날이면

저기 저어기 우리 동네 좀 멀리서부터 우정 더 취한 척 더 맞은 척 더 아픈 척 더 화난 척 다리를 끌고 비틀거리고 노래를 부르고 악도 쓰고 그러다 식구들 이름도 차례로 불러보고 누군가 타—악 소리나게 창문 닫으며 못마땅해하면 그쪽 향해 침도 카악 뱉어주고 조금 한적한 모퉁이 돌아서다가는 영역 표시하는 수캐마냥 오줌도 갈기고 부르르 어깨 떨며 하늘 한번 쳐다보고 그러다 하늘이랑 눈이라도 맞으면 애인 보듯 괜히 히죽거리다가 웬수처럼 쏘아보며 눈

싸움하다 별 반응 안 보이는 날이면 괜한 삿대질도 하다 그도 저도 아니면 허허허 웃기도 하다가,

마음이 모래밭인 날은 나도 허름한 술꾼이 된다. 우리 아버지처럼 우리 오빠처럼 내 남편처럼 이 남자 저 남자 모르는 그 남자들처럼.

초혼招魂
—굿거리장단으로

그러니까 꽃이,

흐드러졌더란 거지 하늘이야 황사가 눈곱처럼 끼어설랑 뿌옇든 지저분하든 우린 그저 환한 꽃구름 아래 시절도 잊었더라는 거지 황사야 때 되면 걷힐 테고 하늘이야 뭐 어디로 날아가버리려고 날마다 이고 살았으니 애초에 걱정도 안 했으이

그럼, 안 하고 말고지

우리 같은 사람들이야 뭐 그리 쌓아둘 게 있으려고 그저 하루하루 고단해도 사는 건 원래 다 그러려니 별 욕심도 안 부려봤는 걸 송아지 눈처럼 순하게 살면 인생도 그렇게 순하게 가는 거라 믿었지

암만, 그렇게 믿고 말고지

아, 그런데 뭐가 잘못되었당가 난 당췌 알 수 없어 알 수가 없네 생때같은 내 새끼 편안하라고 앞산 오르내리는 길마다 모퉁이 돌아서며 돌 한 개 얹은 거밖에 없어야 아, 그

것도 같잖은 욕심이었다면 그 죄 내가 받어야지 죄 없는 내 새끼들이 뭐 땜시 저그 바다에 잠겼더란 말이요 아무리 생각해도

알 수 없네 알 수가 없어 아이고 기막혀라 어쩔까나 어째야 쓸까나

그날

한껏 가늘어진 잎맥 따라 묽은 바람만 겨우 드나들었던가 아무것도 받아들이지 않겠노라 꽉 다물었던 입 열렸지만 동굴보다 더 깊은 목젖만 위태로웠다 아무도 소리내 울지 못했다 하필 봄꽃은 왜 이리도 흐드러졌던지 안구건조증 앓는 눈이 문제라며 돌아서서야 눈물을 훔쳤다

모든 것들의 껍데기 위에서만 햇살 겉돌다 사라질 터 마른 이랑 헤집어 더 잘게 흙덩이 부수고 더 깊이 고랑 타 꼭꼭 눌러가며 비닐 씌웠다 채 저물지도 못하는 빈 저녁 향해 까치 날아갔다 시간이 바짝 마른 풀잎처럼 흔들린 게 틀림없다

일주문

마중나온 초록 손을 잡고 또 한참 그렇게 있다 세상은 여전히 아이처럼 말간 얼굴 그 눈망울 바라보지 말았어야 했다 눈물 더 이상 짜지도 않다 울음이야 오래 전 울림통 고장난 기타

소리는 제멋대로 갈라져 흩어졌다 모이곤 했으므로 물소리 날카로운 계곡 아래 내다버린 웃음들 저들끼리 굴러다녔다

헐거운 햇살 풍경처럼 스스로 흔들리더니 산속의 어둠 더듬어 산 아래로 내려간다 아무렇게나 벗어던졌던 신발 다시 찾아 신고 꽁무니에 묻은 흙 털어내고 시내로 나가는 차 아직 끊기기 전이다

우리들의 내일도 오늘 같기를

용산행 급행열차 안 이제 막 읽기 시작한 책에 코박고 있다 고개드니 어머나 벌써 노량진이야 서둘러 가방 챙겨 자리에서 일어났지 전철은 한강철교 지나는 중 창밖의 야경은 때아닌 크리스마스 잠시 정신을 빼앗겼어 역시 도시는 아름답구나

역에 내리니 바로 옆 플랫폼으로 전철이 들어오네 뭔가 잘 맞아떨어진다는 생각에 기분이 좋아서 혼자 빙그레 그런데 아무래도 이상해 왜 반대로 다시 가누

다음 내리실 역은 노량진입니다 안내 소리에 번쩍 정신이 들더군 아무리 그래도 그렇지 인천으로 다시 내려오는 차를 덥석 잡아타다니 뭐 어쩌겠어 다시 노량진에서 전철을 갈아타고 세 번째로 한강철교를 건넜지 뭐

시간의 비늘

그때 내 꿈속엔 한껏 부풀어오른 보름달 떠오르곤 했다 높다란 테라스에 자리잡고 바다 헤엄쳐올 인어공주 기다렸지만 달빛 부서져 날릴 뿐 찾아와준 것은 소금기 밴 바람

꿈속엔 인어공주 가까이서 노랠 불렀고 빠져나오지 않으려 발버둥쳤다 교차점 만들며 자꾸 멀어지는 시간의 비늘 움켜쥐고 달 혼자 잉태를 하고 혼자서 해산하며 터울을 늘렸다

유효기간 지난 달력을 들여다보다가 한숨을 폭 내쉬었다 차라리 그렇게도 사랑은 완성될 수 있는 거라고 믿고 싶었으므로

대장내시경

채 지워지지 않은 비질 자국 골목 들어서려다 흠칫 멈췄다 누굴 기다리는 경건한 예식일까 조심스럽게 되돌아나온다 길 건너 카페엔 각기 다른 자세로 앉아 있는 사람들 환하다

다 보이는데 아무것도 보이지 않는다

새파랗게 날 세운 하루가 찬물에 헹군 양배추 잎사귀처럼 뚝뚝 끊겨 나간다 분홍색 매니큐어 바른 손톱들 자꾸 마음을 할퀴고 누름돌 없어 뒤집힌 오이지가 되어 건널목에 떠 있던 동안 주머니 속 깊숙이 들어간 손처럼 어둡고 외로웠다 신호가 바뀌고 카페를 지나치다 빙긋 눈물 매단 입과 눈이 마주쳤다

다 보였지만 아무것도 보지 않았다

문학산 기슭

아, 바람이 기다리고
있구나 날개 펴고

소나무마다 노랗게 매달렸다
송화 꽃다발

초록 이파리들
훑고 지나가는 얇고
섬세한 손길

바위 휘돌아 숲이 내쉬는
들숨과 날숨
숲으로 들어
멈추고 고개드니
준비됐다
연처럼 날아오를
황금색 시간

3부

오늘의 운세

내 삶의 구석진 자리에서 피어오르던 곰팡내 대신 자리 차지하는 차염산 냄새 이제 바람은 콧노래 흥얼거리고 시간은 여기쯤에 또 한 개 마디 만들 테고 기다렸다는 듯 줄기의 허리치수 늘리겠지 도마뱀처럼 여유롭게 새로운 꼬리 키우려면

가끔 단호하게
저장되지 않는 정보는
잘라낼 것

지장전 앞 목백일홍 피었으니

어젯밤 꿈속에
베 한 필 모두 풀어 길 닦던
그대
단숨에 서쪽 마당에 들어섰으려나요

사막 너머 그대
너무 멀어요
이카로스 날개옷이라도 빌렸어야 했어요
사막의 바람
촛농 녹이고
날개털 뜯어낸들

그리움보다 더하려고요
여기
밤마다 이름도 모르는
별이 뜨고 내립니다

어찌된 일이세요
그대
흰 베 자락 끝 울고 있네요

말린 꽃처럼 바스러져 가네요
울지 마세요

이상한 하나도 안 이상한

그게 말이야

어디 나라님 근처 알짱대는 사람한테만 들러붙어 당기기하려고 예수님 근처도 있고 부처님 발밑에도 있고 마리아님 옷자락 아래도 꽃잎처럼 분분紛紛하다던데 어디 그뿐인가 아, 우리 집에도 있어 젊은 시어미랑 어린 며느리가 아들놈 하나 사이좋게 나눠갖지 못해 서로 당기기한다는 거 아니겠는가

나눠가질 수 있다고 생각하시는가

어허, 이 사람, 아직도 그런 인사가 있다니 신기하구만 그 좋은 걸 어떻게 나눠가지겠는가 그리 마알간 얼굴로 쳐다보면 좋은 사람이라 할 줄 아시나 자네 돌아서기 무섭게 입이 돌아가게 웃을 걸세 모른 척은,

그것의 끝이라는 게

힘 있는 쪽으로 끌려가게 마련이라 판세야 날마다 뒤집히네만 나라님 아래든 마누라 아래든 아무렴 어떤가 나 배

불리 밥 멕여주는 편이 이겨라 응원하면 되지 우리 가진 거 뭐 별건가 바로 그게 그거인 게지 그나마 아무도 나눠달라 안 하니 다행이지 않은가

봄, 진즉에 와버렸어라

간신히 잦아든 불씨 재 속 깊이 묻어 부지깽이로 투덕투덕 두드려 단도리해놓고 일어선 참이었다

문밖 산수유 꽃망울 츠녀 젖꼭지만 하게 부풀었길래 눈 한 번 더 맞춰볼 요량에 서둘러 신발 고쳐 신던 참이었다

흘금흘금 문틈 새로 눈치 살피다가 드디어 기회라는 듯 마당으로 성큼 들어선 찬바람 내쫓지도 못하고 허둥대던 참이었다

괜한 부산만 떠는 햇살 붙들어 앉혀놓고 오늘은 어제 미처 못 끝낸 김부각 찹쌀 풀칠 끝내야 될 텐데

어쩌라고,

스멀스멀 불꽃 속에서 되살아나는 거였다 듬직하게 궁둥이 붙여 앉아 있을 새 없이 부엌칸으로 우물 앞으로 수선피우며 벌컥벌컥 찬물 들이켜 지그시 눌러도 보았지만

수줍어라,

꽃망울 영글어가는 노오란 젖 냄새 아직 비린데도 말이지

실업일기

햇살 풀어진 모래톱 지날 땐 다시마 머리채 흔들어 발바닥 간지를 거야 흰 발목엔 금방 말미잘 들러붙겠지 토닥토닥 자판 두드려 흩어져 있던 테란과 유닛*들 모아야지 공기방울 저희끼리 뭉쳐 작은북 두드리며 키득거릴 테고 그 얇고 가벼운 소란 속에서 일단,

가만히 누워 있을 것 숨쉬지 말 것 주머니 속 더듬어 열쇠 찾으면 모래 속으로 숨은 구멍에 재빨리 꽂을 것 어느 활주로에서 프로펠러 돌리던 바람 소매 걷어붙인 채 나타나도 놀라지 말 것 사방을 들쑤시다가 제풀에 주저앉을 때까지 바라만 볼 것 그러다

몰래몰래 공들여 키운 지느러미 힘껏 움직여 모래바람 일으키는 거야 온 힘 모아 몸 비틀면서 물 위로 쑤욱 솟구쳐 오르는 거지 절대 주춤거리지 말 것 힘껏 물장구치며 헤엄쳐나갈 것

자, 그럼 시작

* 테란과 유닛 : 컴퓨터 게임인 스타크래프트에 등장하는 종족의 이름.

초록 가시의 시간

모래바람 도시를 덮었다 놀란 구멍들 일제히 문 닫아걸었다 미처 고장난 경첩 손보지 못한 마음 뒤늦게 허둥거렸고 그러더니 이번엔 서둘러 닫아걸었던 문 빨리 열리지 않아 난리법석인,

메뚜기 떼처럼 쏟아져 들어온 모래알에 누더기된 꽃밭 절대 울지 않을 테다

그런 밤이면 하얗게 빛나는 별의 살갗 쓰다듬었다 은밀하게 감춰진 궤도 따라 비밀번호 누르면 고개 저으며 버티던 방정식도 풀리고야 말았다 어렵게 다시 찾은 구멍 매만져

깊이 숨은 수맥 터트려 물길 만들고
드디어 푸른 나무 되고
욕심껏 햇살 움켜쥔 진초록 그늘 되고

매화 폈다, 기별이 왔다
—판소리 사설조로

아따,
시방 봄 햇살에도 치자물이 들었네이이
저그 해바라기하고 앉은 고양이 눈 좀 보소
아, 글씨 나라님 왕관에 박았던 호박구슬인지
반들반들하니 윤기가 반지르르 흐르지 않컸소
적신 화선지맹키로 시간이 늘어질세라
찢겨나갈세라 깨꿈발로 살곰살곰 대청마루
건너는디 말이요오

어허,
결 고운 햇살 가락들 자꾸 종아리에 들러붙네
그려,
이놈들 살짝 걷어설랑 얇은 손가락에 걸고서
슬그음슬그음 댕겨보는디,
가느다란 빛살에 걸려선 발버둥치는 척
능청 떨면서도 딸려 와주는 저 눈부신 사금파리들
어쩔 것이요잉 먼 전설 가슴에 보듬어 안고
작년에도,
올해도,
내년에도,

달착지근하게 봄노래 불러주겠다고 소곤거리는디

아흐,

참말로,

빛깔도 곱소오잉 막걸리 맛 입술들

풍경

촛불 속으로 지방紙榜*이 녹아든다 종일 전 부치고 밤 치느라 어깨에 수북이 쌓인 고단함들 흘러 촛대 위로 넘치더니 이내 시루떡처럼 제자리 잡고 앉았다

누군가 일어나 문지방 넘어서는 기척 툭, 방문 닫혔고 마음 한쪽 알 수 없는 얼룩 하나 늘었다 비로소 형광등 불 밝혀지고 언제 그리 엄숙했냐는 듯 다들 상머리에 둘러서 이제 서로의 안부를 묻고 조심스럽게 잔 돌려 음복을 한다 간간이 낮은 웃음으로 우리의 화목和睦을 확인한다

밖엔 봄비 내리시는지 채양 위로 콩 집어던지듯 빗방울 떨어진다 그 서슬에 꽃잎이 지는가 어두운 밤 질러 날아간다 날려서 눈처럼 쌓였다 빗물에 꽃잎 녹아든 자리마다 병아리 주둥이처럼 뾰족하게 돋아나는 연두색 촉燭 내일 세상은 다시 환해지리니 사라지는 것들은 그저 없어지지 않는다 단호하게 스러지며 향기로운 얼룩을 남긴다

* 종이로 만든 신주.

목단꽃 피었습니다

물소리는 고막에서 아주 멀어 슬프다
영문도 모르고 비명 질러대던 바알간
입술 아득하구나 아니, 이젠 아련하다

남쪽 동네 어느 뒷산에선 마디 늘리느라
안간힘쓰는 대나무끼리 부벼대는 소란
오래된 시간은 정말이지 너무 두꺼워

함께 갑시다 친절하게 말해버릴까봐
단물 빠진 껌 씹듯 입술을 씹었는데
사실은 나도 그리로 가는 길이었다

내일

서치라이트 머리를 쓰다듬는다 낯선 풍경들 속눈썹 아래 눈물처럼 매달리고 조금 무서워져 주머니 속에 넣어 간 일상을 만지작거렸다 멀리까지 물수제비로 날려버려야지 했던 다짐 미처 꺼내지도 못했는데 손의 온기 옮겨간 그것들 갑자기 애틋해졌다

이쪽에서 저쪽으로 또 저기에서 여기로 노련한 경비원처럼 오가던 빛의 갈고리에 걸려든 해초 냄새 모래밭에 내팽개쳐졌다 슬그머니 주머니 속에 든 일상들 여전한지 더듬었다 그러곤

모래사장 가로질러 나왔다 길은 바로 거기서부터 직진으로 뻗어 있었다 천연덕스럽게

흰 빛에 취하다

얇아진 시월의 햇살
집안으로 들였다
담장 아래 무명 목도리 두른
구절초 한 무리
노랗게 익은 꽃술 속으로
깊숙이 촉수 밀어넣는다

촉촉하지만 질긴 통로 따라
씨방에 손 닿았던가
해파리처럼 쏘아대는 완강한 저항
약한 듯 모자란 듯
고개 꺾고 있다고
괜히 건드리지 말 것

당신 손가락이
내 말초신경의 어디쯤 압박하기 전
앙칼진 이
드러낼는지도 모르니까

다이어트

차변과 대변의 평형에만 집중하느라
고개 파묻은 내게
감독관처럼 번호표 뽑아 쥐여주는
그대를 푸는 건
너무 어렵다

그대 쏟아놓고 간
수북한 물음표
뒤늦게 우리의 좌표 기억해내지만
비닐봉지처럼 날아오르는 정답 붙들기엔
나는
너무 무겁다

확신이 서지 않는 답을 들고
오래도록 문 앞 서성이는데
유리컵에 굴절된 햇살 한 줄기
스르르 빗장 풀고
넌지시 일러주는
저기

이제
화살표 지우고
펼쳐놓은 약도 들여다볼 차례

낮달

인연이 다해 잊고 살던 이 불현듯 전화기 연락처에 올라왔다 여름 강가의 자갈처럼 찰지던 얼굴 11월 들판 수수깡처럼 황량하다 짧은 외출에서 돌아오는 길 하늘에 박힌 올해 마지막 낮달을 올려보다 터지는 기침 쇳덩어리처럼 굳은 몸뚱이 끌고 다니며 심통부리는 늙은 바람 때문이라고 말하지 않았다 눈물이 나온 건 너무 덤덤했기 때문이었으니까

죽비

선생님 손가락 사이에 붙들려 있던
잔뜩 겁먹은 언어들
눈 한번 깜빡 안 하고
정확하게 후려치시던
섬세한 손놀림
배짱 있다고 한 말씀 하시면
주저앉아
살려달라 발버둥칠까봐
당돌하구나 혼잣말하시던

파랗게 날을 세운 바람 한 번씩 울면
우수수 떨어지던
검불 같던
불티 같던

반짝인다고 모두 다 금은 아닌 것이여
명심하더라고

구겨진 신문지

수은행나무는 샛노랗게 익은 열매 대신 울울창창 적요를
꿈꿨다 땅 깊숙이 알 숨긴 암매미의 눈물은 흩어졌고 해소
기침으로 밤새운 국화만 그래도 견딜 만하다며 밤새 빚은
노란 웃음을 마루 끝에 올려놓곤 했다

개나리 덤불 뒤집어쓴 담장 주변엔 늘 하품처럼 지린내
가 떠다녔다 얇은 잎사귀들마저 몰려와 삭아가느라 어디에
도 평화는 없지만 손톱 세울 다툼 따위도 없는 11월

간밤 동안 두꺼워진 이슬 털어내려면 기지개는 더 힘차
야 한다고 김장배추 스스로 노랗게 영글어갔다

4부

끽동 그 골목에도 불이 켜지기 시작하는 시간입니다
―학익동 편지 1

뒤돌아보니 빚쟁이처럼 몰아붙이던 오늘이 서 있다 목덜미 늘어난 스웨터에나 어울릴 구두 같은 표정을 서둘러 다스리지만

일상이 하루도 늦추지 않고 들어오는 월급 같다면 방금 청소 끝낸 욕실 타일처럼 반짝이는 날만 있다면 조금 더 쓸쓸할 거야 암만,

수첩 가득 채운 지도엔 무궁화 삼천리 화려강산 거기와 여기의 축척 계산은 왜 이리 복잡한지 겨울 아침 수돗물처럼 손 자꾸 곱는다

그래도 주머니에 넣어둔 맑은 눈 눈치 못 챈 거 같으니 다행이다

517번 마을버스를 타면

— 학익동 편지 2

꼭 타야 할 버스는 빨강 신호등에 붙잡혀 발 구르는 사이 달려가버리고 숨 가쁘게 쫓아내려간 승강장에선 이제 계단 두 개면 될 텐데 유유히 꼬리 흔들며 사라지는 전철 똥구멍이나 쳐다본다 에이, 어차피 다음 거였는데 뭘 해가며 숨골라봐도 슬며시 억울하다

이번 아니면 다음이 있다고 느긋해하다 영 일 그르치기도 하고 차마 말하진 못했지만 서로 눈 힐긋거리다가 너도 그랬니 나만 그런 줄 알았는데 다행이지 뭐야 해가며 사는 게 정말 그렇고 그렇다

노시인께 마지막 인사 간다 품위유지비 벌러다닙네 안부도 묻는 둥 마는 둥 그도 또한 1년 이제야 한숨 돌릴 만해서 이 봄엔 한번 들여다봐야지 했는데 죄송하다는 말도 마음도 다 부질없다

딸 부잣집
— 학익동 편지 3

친정 큰외삼촌께서 돌아가셨다

저녁에 다들 문상하라는 엄마 말씀 일 끝내고 조문하러 간다 오래간만에 뵙는 어른들 이제 세월 깊어질 대로 깊어져 어쩜 네가 벌써 그 나이가 된 거냐 흘러간 시간마다 확인 도장 찍힌다 그분들 앞에 나는 여전히 어린아이 우리 아들 인사에 아휴, 잘 생겼구나야 하시면서 나이든 나를 알아보신다

상갓집에 우리 집 딸 다섯 부부 동반으로 모인 저녁 아들 못 낳았다 할머니 살아생전 내내 구박받던 우리 엄마 병아리 보듬은 암탉처럼 어깨 좌악 펴셨다

외숙모께서 큰딸을 잘 낳아서 좋으시겠다 인사하더란 그 얘기 엄마도 잠시 맏딸이 자랑스러우셨으려나 엄마 딸 쬐꼼 잘났다니까 드문 흰소리로 맞장구쳐드리곤 그 바람에 원고료 받으면 봉투에 얼마라도 넣어드리며 그때 자랑해야지 했던 잡지 기고를 그만 다 자복해버리고 말았으니,

언덕배기 그 집
—학익동 편지 4

김장했다

입추 지나고 단풍놀이 사람들 입에 오르내릴 무렵 이미 겨우살이 준비하시던 아버지 어느 일요일 식구들 죄다 약속 취소하고 연탄차 기다렸다 차떼기로 연탄 들여놓을 수 있음이 헛간 채운 연탄이 자랑스러워 목소리 잔뜩 힘 넣어 오만상 찡그린 채 세숫대야에 연탄 나르는 다섯 딸 재촉하셨다 어느 날엔 마루에 80킬로들이 쌀자루 들어오고 어느 날엔 드디어 김장했다 한없이 무섭던 아버지가 김장 전날 밤 그 엄청난 양의 무채 써시던 모습 철딱서니 없던 우린 어서 내일이나 지나가길 바랐다

더는 겨우살이 준비 따윈 하지 않아도 되는 시절 이젠 겨우 한 양푼이나 될 양의 무채를 남편이 썬다 뜨끈뜨끈 삶은 보쌈고기 막걸리 한 잔씩 돌리며 배춧속 넣다보면 아버지 오래간만에 집에 돌아오셔 우리들 수다 들으시려나 한편 쑥스러우신 듯 한편 계면쩍으신 듯 그러다 한편 아쉬우신 듯

초경
— 학익동 편지 5

그 집엔 검붉은 다알리아 긴 여름을 살았다 유난히 큰 꽃송이 지탱하는 굵은 대궁 넓은 이파리 진초록 빳빳함에 잔뜩 주눅들어 그 집 앞 지날 땐 저절로 깨금발 들리고 숨 참았다 키 넘긴 꽃대궁 아래 비늘 세운 뱀이 기어다닐지도 모른다고 짓궂은 사내 녀석들 놀림감되었던 날 와락 이는 무서움에 울음 터트렸지만 미처 부끄러운 줄 몰랐다

입구를 숨기고 돌아앉은 그 집 사연 많은 여자의 늙은 궁둥이같이 모서리 닳은 하현달 뜬 밤 여우누이 이야기 꺼내놓고 꼬박꼬박 조는 아우의 볼 꼬집었다 언제나 여우누이보다 그 집 문 먼저 열렸고

꽃잎 낱낱이 흩어져 눈처럼 나렸고 쌓인 꽃잎에 묻혀 보이지 않는 발가락 걱정할 때 가랑이 사이 푸른 뱀 한 마리 스르르 지나갔다 새로 풀 먹인 하얀 옥양목 이불 위에선 발갛게 앵두알 익어갔고,

개건너 갈 일이 없어졌다
— 학익동 편지 6

방학 때마다 당했던
외갓집으로의 유배
그 기억 한쪽에 계신
큰외삼촌

이제 장례식장엔
소리내 우는 이 없고
울음 끝도 짧다
딸이 없어 그런가는
나만 하는 옛날 생각
돌아보니 다른 집 상주도
긴 눈물 쏟아내는 이 없다
세태가 그렇거나
사람 마음이 그래졌나보지

허무니 허망이니
소용없다
그냥 '끝'일 뿐
그러니 '지금'으로 살자
그 끝에 사람으로나 살자

삼성제강
— 학익동 편지 7

고추씨 같은 바람 마음으로 쏟아져 들어왔다 어느 골짜기에선 시퍼렇던 초록 와르르 쏟아져 내렸다 능소화 줄기에선 벌겋게 맺히던 핏방울 하얗게 포말 뱉어내는 바다를 업고 야간일 마치고 돌아오는 아버지 마중나갔다 낮달 얌전하게 머리에 꽂은 소녀 지나가고 빈집 마당에서 흘레붙고 나온 누렁이 긴 꼬리 끌며 지나갔는데 아버진 어디 막걸릿집에 허리 걸치고 계신 걸까 선잠 깬 어린 별 눈 비비다 울음 터트렸는데

거기, 이제 너는 없고
— 학익동 편지 8

자치기하는 사내애들 구경하며 하루 보내던 내 구석기의 동굴 골목 어느 집 담장 안에도 활짝 핀 꽃 따윈 없었고

은자네 집 앞 플라타너스가 부는 휘파람에선 멀리 쫓겨난 바다 사라진 길 찾으며 울었다 까치는 날마다 새 집을 짓고 낮은 추녀 끝 사람들 마당 내려다보며 으스댔지만 박카스 상자에 담긴 태아 장맛비에 휩쓸려와도 아무렇지도 않던 시절 넘어 아무나 출입금지라는 최첨단 아파트 어디쯤 이젠 등본에만 남은 내 유년의 배꼽

인천시 남구 학익1동 208번지 그리운 이름
모리포

애정에 대한 고찰 - 바퀴벌레를 중심으로
— 학익동 편지 9

엊그제 구석구석 모두 훔쳐내고 닦아낸 자리 반길 수 없는 불청객 한 마리 달아나려 비비적거리는 녀석 번개보다 더 빠르게 처치해버린다 한밤중 아들 마중 나가느라 잠시 집 비운 사이 또 한 마리 이번엔 환한 주방 한가운데까지 나와 있다 아까 처치해버린 놈하고 크기도 비슷하다 물론 이럴 때만 민첩한 내 운동신경을 이놈도 피해갈 수 없다 놈의 시체 휴지에 둘둘 말아 변기에 버리고 물 내렸다

혹시 그놈 사라져버린 짝 찾아 안전지대 벗어나 환하고 뽀송한 위험지역까지 나왔던 것일까 그렇다면 말이지 이것들 징그러운 게 아니고 무섭다 인간보다 더 끈끈한 무엇 아주 고급스러운 무엇을 가졌는지 모를 일이므로

복개천변
— 학익동 편지 10

이즈음 틱 장애가 더 심해진 텔레비전 쉴 새 없이 눈 깜박이며 성형미인들 울컥울컥 게워냈다 분홍색 토사물 쌓이는 자리마다 활활 불 지피는 달달한 향기 노랗게 더 노랗게 야들거리는 냄새 움켜잡으려 허우적거리다 중심 잃고 비틀거리는 동안,

미니스커트 아래쪽 뻗어내린 다리 사이 봄은 왔다 멍게 유난히 붉었지만 실하지 않은 씨알로 사람들 실망시켰다 변두리 공터 고물상 재활용에라도 기대보고 싶은 희망 헐값에 팔려와 쌓여갔지만 벌겋게 녹물 흐르도록 임자 나서지 않았다 느린 걸음 걸어 집에 들어간 저녁 쪼글쪼글해진 단란과 풍성을 꺼내 어미들 밥상 차렸다 미각 잃은 지 오랜 혀끝은 이미 소태 아비들 너무 일찍 앓기 시작한 오십견 털어내느라 끊으리라 맘먹었던 담뱃불 다시 댕겼다

햇골 소식
— 학익동 편지 11

안부 물으니 오래된 습기와 곰팡내 말려줄 바람 한 줄기 벌써 쑥 냄새 머금었더라는

골목 안 낮은 담장마다 시퍼런 감 게걸스럽게 햇살 빨아 먹느라 벌겋게 얼굴 달아올랐더라는

미처 꽃대 밀어올리지 못한 수줍은 들국화 한 그루 행여 이슬 마를라 조바심하며 몸 비틀었더라는

장미아파트

— 학익동 편지 12

고운 햇살에 바싹 말린 홑이불처럼 고슬고슬한 여자 아파트 단지 안 이 사이에 낀 고춧가루처럼 도드라지는 공원 운동기구에 올라 혼자 열심인 여자 저 멀리 남아메리카 어느 원주민 혼인춤인 양 어깨 펄럭이면서 달빛 금가루처럼 부스러트려 흩어놓는 여자 촉수 길게 늘여 구석구석 더듬어봤는데도 알 수 없는 여자 다 아는 데 나만 모르는

꽃샘추위
—학익동 편지 13

말초신경에 심지 돋우어 만져지는 것들 두께 가늠해본다 그깟 보이는 게 뭘 그리 중요하려고 익숙한 촉감 얼음처럼 차다 단단히 빗장지른 채 도리질하는 살결

서운해

아직 이름 못 가진 햇살에게 간신히 몇 마디 아는 체한다 병아리 옹알거림처럼 와그르 쏟아내는 얇은 웃음

이런,

그깟 개나리 꽃빛 맥없이 찢어질 줄 내 진작 알았지만 대웅전 뒤 숲으로 숨어든 겨울바람 뒷방 늙은이라고 쉬이보지 말았어야 했다

이만큼
— 학익동 편지 14

화장을 한다 화장수도 발랐겠다 이젠
눈썹 그릴 차례

비대칭 얼굴 균형 맞추려면
멀리 떨어져 봐야 해
이·만·큼
뒤로 물러서니 제대로 보이는군
양팔저울 추 올리듯 비율 맞추는 것도
잘생긴 뒷산 봉우리처럼 입술 그리는 일도

바짝 움켜쥐고 놓치지 않으려 발버둥쳤던
시절
눈썹 비뚤어지는지
입술선 뭉개졌는지 모른 채
발 동동 굴렀지
이·만·큼
뒤로 물러서야 제대로 할 수 있는 걸

이·만·큼
떨어져 나오니

보인다
아직도 진행 중인
사랑

보고 싶은 것만 보고
—학익동 편지 15

그녀 이제 스피커 속에서만 노래합니다 건너편 테이블 그의 오늘 과업 여자를 줄곧 노래 부르게 하는 것

주로 한낮에만 커피를 마시며 너무 많은 커피는 해로울까봐 걱정하지요 남의 영업장에 무료로 앉아 있지 못하는 건 얇은 양심의 증거랍니다 다국적 브랜드 커피숍 상표만 문지르다가 말겠지만요

컵 모서리 바싹 눈 갖다대고 찾는 것은 담벼락 붙잡아 타고 올라왔을 음표 보세요 당신의 손가락 장단에 길게 늘어진 담쟁이넝쿨 거미줄에 들러붙어 당겨져 나오는군요

마음 여전히 비포장도로에 있다 경로 이탈 두려워 부릅뜬 눈 껌벅이지도 못하는데 어서 손의 힘을 빼요 진작 속도도 늦췄어야지요

숨김 혹은 위장의 시학

김정수/ 시인

존재하는 것들은 생존을 위해 다양한 방식을 시도하고 도입한다. 그런 존재들의 생존방식을 다 알 수는 없으나 나름 자연의 질서를 지키면서 현상을 유지하고 번식을 통해 종種을 이어가고 있다. 약육강식이라는 먹이사슬에서 강자는 생존을 위해 위장(매복)과 기습으로 사냥을 하고, 약자는 무리생활과 위장으로 생명을 보존한다. 특히 동물의 세계에서 위장술은 생존을 위한 필수조건이라 할 수 있다. 위장은 모습이나 형태를 감추기 위해 주변 환경과 같게 색깔이나 모습을 변형시키는 행위를 말한다. 위장술의 대가로 알려진 카멜레온은 빛의 강약과 온도, 감정의 변화 등에 따라 몸의 빛깔을 바꿀 수 있다.

배선옥의 시는 카멜레온처럼 시적 대상이나 배경에 따라 수시로 옷을 갈아입는다. 그의 시 색깔은 온갖 꽃들이 만발한 초원이나 울긋불긋 화려한 단풍나무숲, 황량한 모래

사막 등 주변 환경과 여건에 따라 변화를 거듭한다. 하지만 화려한 변신에 현혹되면 본질을 놓칠 수 있다. 시인은 위장한 채 오래 기다린다. 여간해선 움직이지 않는다. 상대방(독자)이 곁에 다가올 때까지 실체를 드러내지 않는다. 위장을 풀고 다가서지도 않는다. 이는 첫 시집『회 떠 주는 여자』(시문학사, 2004)부터 네 번째 시집『초록 가시의 시간』(북인, 2023)까지 시인이 일관되게 견지해오고 있는 독특한 시작법詩作法이다.

카멜레온이 몸의 색으로 감정을 표현하듯, 시인은 화려한 수사와 묘사로 시의 본질에 다가가려 한다. 즉 시적 진술을 자제하고 비유와 묘사로 위장해 말하고자 하는 바를 철저하게 숨긴다. 또한 카멜레온이 포식자와 먹이에 들키지 않으려 신중하게 움직이는 듯, 시 한 편 한 편의 발걸음은 진중하다. 시인은 숨김과 위장을 통해 생존뿐 아니라 '삶의 공간'에서 존재의 파편들을 회고하고 수습하려 한다. 이때는 카멜레온의 체색 변화가 피부색 자체를 바꾸는 게 아니라 피부의 수축이나 이완을 통해 반사되는 빛의 색을 바꾸는 것임을 깨닫게 된다.

과거나 현재 삶의 모습은 바꿀 수 있다고 해서 쉽게 바꿀 수 있는 게 아니다. 주변 환경에 따라 색을 달리해도 카멜레온이라는 존재 자체까지 바뀌는 것은 아니다. 마찬가지로 시인이 화려한 수사와 묘사로 의도를 숨겨도 사회 비판과 "일용할 양식"(「노랗다」)을 벌기 위한 "고단한"(「전생前生」) 소시민의 삶, "너무 일찍 눈먼 여자"(「나의 연애는 아직 푸르다」)의 고독한 심경까지 감출 수는 없다. 시의 숲속에 위장한 채 몸을 숨기고 있는 시인을 찾아보자.

지금
세상은 억센 손아귀와 집요한 뿌리의 시절
힘겨루기에서 밀린 바람
눈치 없는 시누이처럼 해살거리며
여자의 목에 깊게 패인 주름살을 밀고했다
흑백사진 속 볼 통통하던 새댁
고왔던 모습 이제 검버섯 몇 개 피워올린
노목이 되었고
사용기한 지난 자궁에
억새가 자란다

다들 몹시 목이 말랐다

밤이면 모닥불 피워올리고
낙타를 잡았다
타들어가는 입술이나 겨우 축이며
기우제를 지내야 한다고 쑥덕거렸지만
기원이 도달하기에
대기권은 늘 너무 높았다 그래도
아침이면 어김없이 달력에 가위표 해가며
고개를 빼
골목 어귀 내다봤다

—「갈수기渴水期」 전문

강은 깊은 밤에만 돌아왔고 머리맡에 앉아 젖은 양말 벗으며 깊은숨 뱉어냈다 11월처럼 하얗게 벽에 들러붙는 입김 걷어내면 곧이어 낮 동안 네가 거느리고 다녔을 길들 흑백영화로 재생되었다

진흙 속 미꾸라지처럼 꿈틀거리는 장면 헤집어 네가 건네주던 검붉은 여름의 마지막 장미 가끔 애매한 표정으로 올 풀린 스타킹 들여다보는 콧날이 슬퍼 이불 끌어올려 얼굴 가린 다음에야 눈 뜨곤 했다

그런 밤이라야 소리는 어둠을 먹고 빠르게 자랐다 화염처럼 일렁이는 물소리 모아 당기면 그물에 달려져 나오던 새파란 물굽이 비로소 길 트이고 쏟아져 들어오던

—「이제, 너를 보낸다」 전문

시인의 위장은 자신을 돌아보는 것으로부터 시작한다. 갈수기는 가뭄 등의 원인으로 하천 따위의 물이 한 해 가운데 가장 적어지는 시기를 말한다. 나이를 먹어감에 따라 몸에 가뭄이 들고, 점차 존재감을 잃어간다. 어느덧 완경完經에 이른 시적 자아는 자신의 몸과 마음의 변화, 주변의 소리에 귀를 기울인다. 자신을 둘러싼 환경은 "억센 손아귀와 집요한 뿌리"가 상징하듯, 호의적이지 않다. 거기다가 결

에서 "눈치 없는 시누이처럼 해살거리"는 이도 있다. "흑백 사진 속 볼 통통하던 새댁"의 모습은 간데없고 고왔던 얼굴에 "검버섯 몇 개 피워"오른다. "사용기한이 지난 자궁"은 단순히 생산(임신)의 단절만을 의미하지 않는다. 사회적으로 "힘겨루기에서 밀"려나고, "억새"가 상징하는 것처럼 몸과 마음이 황폐해져 존재감의 결여를 뜻한다. 이는 다들 목이 마르자 동행한 낙타를 잡는 행위로 극대화된다.

물론 다 알겠지만, 이 모든 건 실제가 아닌 비유적 표현이다. 시적 흐름으로 보면 세상 밖의 갈증이 자신에게로 향하자 자신감도, 존재감도 약해지고 행동도 소극적으로 변함을 알 수 있다. 몸에 찾아온 변화로 인한 치명적인 상실과 깊은 슬픔이 시 전체를 관통하지만, 겉으로 드러내지 않고 철저히 위장한다. 하지만 상실과 슬픔은 시간이 해결해줄 수 없는, 아니 오히려 시간이 흐를수록 더 심화하는 속성으로 인해 더 이상 기다리지 못하고 "고개를 빼" 모습을 드러낸다. 영영 숨어서 기다릴 수는 없기 때문이다.

두 번째 인용시 「이제, 너를 보낸다」는 너의 정체를 파악하는 것부터 난관에 부딪힌다. 너무 깊숙이 위장한 채 철저히 정체를 숨기고 있다. 너의 정체는 시적 자아인 '나'의 곁에 있다가 떠난 사람을 '너'로 파악하는 것이 가장 합리적일 것이다. 주지하다시피 한 편의 시에서 시적 자아의 시각은 자유롭게 변할 수 있으며, 시의 내용과 감정을 대변한다. "깊은 밤에만 돌아"오는 강은 의인화처럼 보이지만, 이어지는 문장 "(내) 머리맡에 앉아 젖은 양말 벗으며 깊은숨 뱉어"

내는 것을 감안할 때, '강'은 '너'의 활유법에 가깝다. 아니 어쩌면 깊은 밤에 떠난 너를 그리워하는 심상으로 작용한다. 숨은 화자 '나'의 머리말에 앉은 '너'는 현재가 아닌 과거, 그리움의 대상이다.

첫 번째 인용시의 "흑백사진"이나 재생되는 "흑백영화"에서 보듯, 흑백은 과거를 회상하는 색상으로 파악할 수 있다. 너와는 "진흙 속"처럼 순탄하지 않고, "네가 건네주던 검붉은 마지막 장미"와 함께 관계는 끝난다. 낮에는 견딜 만하지만, 고요한 밤에는 그리움의 농도가 짙어진다. 이 시에서 '강'이나 눈물, '물소리'와 같은 물의 이미지는 감정을 고조시키는 역할을 한다. 그런 물의 이미지는 '소리'를 만나 새로운 "물굽이 비로소 길"을 트이게 한다. 물을 보낸 자리에 물을 재울 수 있어 너를 보낼 수 있는 것이다. 보내지만 다 보낼 수는 없다. 기억의 갈피에 흑백영화로 남아 있다.

혹시나 행여나 말 아끼고 숨도 참은 줄타기의 마지막 우리네들 일상이 내 것인데 내 맘대로 부려지지 못하는 바,

겨우 유치한 핑곗거리 만들어 내 손모가지 변명하는 것밖엔 달리할 수 있는 것도 없다 늦게까지 책상머리 지키고 앉았던 것도 왠지 모를 마음이 그리하라 시켰겠지만

공원 불빛 아래 대낮인 양 공놀이 즐기는 젊은 사내들 흘끔거리며 퇴근하던 길 왈칵 눈물 쏟아졌다

아, 밥이 생각났다 따끈따끈한 밥 한 숟가락 불현듯 내 목구멍이 측은해져서 누가 알아볼까봐 텅 빈 플랫폼이나 서성거렸다

—「밥줄」 전문

아홉 살짜리 아이 같은 일상을 서류가방에 쓸어담아 들고 나선다 일용할 양식 고민하는 척 뒤뚱거리는 능청스러운 궁둥이들 빨갛게 눈 밝힌 딱정벌레처럼 일제히 고치를 향해 움직인다 단정한 넥타이와 반짝이는 하이힐 몰려가 사라진 지하철역 입구 누군가 잃어버렸을 쇼핑백 안엔 이제 막 개봉한 영화와 달콤한 수다 잘 접힌 채로 담겨 있지만

전철 창밖으로 유유히 흘러가는 것은 한가로웠던 그들의 오늘 바람은 항상 수직으로 불고 지독한 변비 앓는 도시는 언제나 푸석한 얼굴 웬만해선 눈을 뜨지 않는다

벌써 아홉 시. 기다려.

나의 오늘도 곧 파자마로 갈아입혀줄 테니 아주 오래오래 시체놀이를 즐기게 해줄 거야 고생했다

—「우회전 일단정지」 전문

월급생활자에게 일상이란 "주머니 속에 넣"(「내일」)고 다니거나 "서류가방에 쓸어담"아 직장으로 가져가는 '구속'의

다른 이름이다. 하여 시적 자아는 "내 것인데 내 맘대로" 하지 못하는 상황을 토로한다. 주머니(평소)나 서류가방(직장)에 갇힌 일상은 속박에서 벗어나려는 의지를 드러낸다. "하루도 늦추지 않고 들어오는 월급"(이하 「끽동 그 골목에도 불이 켜지기 시작하는 시간입니다」)이나 "방금 청소 끝낸 욕실 타일처럼 반짝이는 날"을 기대하며 견디지만, 현실은 "말 아끼고 숨도 참은 줄타기"의 연속이다.

생존방식은 정글인데, 환경은 초원이다. 숨고 싶어도 숨을 데가 마땅찮다. 위장해도 금방 표시가 난다. 그저 "늦게까지 책상머리를 지키고 앉아" 일하다보면 하루가 가고, 어둠이 찾아온다. 생존 현장에서는 다른 것이 끼어들 여지가 없다. '나'(개인)는 없고, '직장'(공동체)만 존재한다. 전체를 위해 부분을 희생하는, 부속품 같은 존재일 수밖에 없다. 직장을 나서는 순간 박탈당한 일상의 자유를 되찾지만, 자유를 누리기보다 지친 몸을 쉬기 바쁘다. "공원 불빛 아래 대낮인 양 공놀이 즐기는 젊은 사내들"을 보는 순간 참았던 감정이 올라온다. 밤을 잊게 하는 대낮 같은 '불빛'은 자유롭지 못한 일상을, '젊은 사내들'은 잃어버린 청춘을 떠올리게 해 감정을 고조시킨다. 또한 '눈물'은 잊고 있던 배고픔을 상기하는 매개 역할을 한다. 자유로운 일상을 빼앗긴 자신이 측은하다.

시인은 출퇴근의 풍경과 자신의 심경을 담은 시를 꾸준히 쓰고 있다. 퇴근의 심정을 다룬 또 다른 시 「우회전 일단정지」는 배선옥 시의 특징을 가장 잘 보여준다. 눈이 현란

할 만큼 화려한 수사법을 통해 고단한 직장인의 삶을 드러낸다. 묘사인 듯한 문장을 자세히 들여다보면 시적 진술로 일관하고 있다. 시종일관 모호함으로 위장하고 있다. 이 시를 진술로 바꾸면, '먹고살기 위해 나는 서류가방을 들고 집을 나선다. 지하철역에는 나와 같은 직장인들이 분주하다. 전철을 타고 보는 도시 풍경은 변비에 걸린 듯 꽉 막혀 있다. 직장에서는 다들 고개를 들지 않고 일한다. 열심히 일하다보니 퇴근 시간이고, 아홉 시에 집에 도착한다. 얼른 지친 몸을 눕히고 싶다'쯤 될 것이다.

출근에서 퇴근까지 시간적 구성(혹은 퇴근 풍경)으로 짜인 이 시는 스스로를 위로하는 고백적 진술 형식을 취하고 있다. 먹고살기 위해 출퇴근을 반복하는 일상은 "아홉 살짜리 아이"처럼 단순하고 의존적이다. 자칫 단순하고도 무미건조할 수 있는 시적 진술을 화려한 수사를 통해 능청과 해학, 풍자로 변주하고 있다. 가령 서류가방은 직장생활, 궁둥이들은 직장인들, 고치는 집, 넥타이는 남성 직장인, 하이힐은 여성 직장인으로 변주해 보여준다. 마찬가지로 쇼핑백 안에 담긴 "막 개봉한 영화와 달콤한 수다"는 영화 티켓이나 프로그램의 신선함, 영화를 관람하면서 먹는 팝콘과 수다를 의미한다. 3연에 이르면 독백형 대화로 문장이 전환된다. 시적 자아의 자유로운 변화를 목도하는 순간이다. 우회전해서 신나게 달리기 전에 일단정지해야 하는 상황을 삶의 휴식으로 표현한 시인의 의도가 제대로 드러난 작품이다.

같은 패를 지워야 하고 연결 시 두 번 이상 꺾여서는 안 됩니다 자유로우려면 규칙을 잘 지키세요 몰두하되 몰입하지 말고 직시하되 멀찍이 거리두기를 권합니다

패만 보지 말고 판 보는 연습 절대 필요합니다 마음대로 되지 않는다고 조급해하지 마세요 차근차근했어도 안 될 땐 마음 접으세요 접은 다음 미련 가지지 말 것 한 판 이겼다고 들떴다간 바로 지게 됩니다 지난 판의 패인 잊지 마세요

여기까지 써놓고 빙긋 웃는다
넘어지기 전
깨달았더라면

—「베스트 드라이버」 전문

「우회전 일단정지」가 교통법규를 통해 삶의 방식을 표현했다면 「베스트 드라이버」는 도박을 운전에 비유하고 있다. 베스트 드라이버가 되기 위한, 아니 운전면허를 따는 과정에서의 감독관의 충고나 운전면허를 딴 상태에서 실제 운전을 위해 베스트 드라이버에게 연수를 받는 상황으로 보인다. 차량 조수석에 앉은 사람은 안전운전을 위한 충고를 아끼지 않는다. 능숙하게, 자유롭게 운전하려면 "규칙을 잘 지키"고, 운전에 "몰두하되 몰입하지 말고", 전방을 주시하면서 앞차와 일정 거리를 유지하고, 절대 "조급해하지" 말라

고 권한다. 한 번쯤 운전을 잘했다고 방심하면 사고 날 수 있다는 충고도 잊지 않는다.

진지한 충고는 3연에 이르러 회상, 혹은 시의 소재였음을 유쾌하게 드러낸다. 이 시의 반전이다. 운전을 씨줄로, 도박을 날줄로 하여 교직하던 시적 긴장이 한순간에 이완된다. 이는 시인이 운전 연습에서 "몰두하되 몰입하지" 말아야 하는, "멀찍이 거리두기"를 해야 하는 상황을 의도적으로 적용한 노련한 시적 기술법이라 할 수 있다.

나는
너무 일찍 눈먼 여자 그리고,

덤불 속 깊숙이 숨어 사냥감 기다리는 올무
풍화작용으로 가슴선 흐트러진 암각화 속
젊은 여신 숭배하는 늙은 사냥꾼
딱딱한 근육 위 좌악 펼쳐지던 질투가
석순처럼 자라 새로운 암호가 된
새벽기도

손끝으로 벽 더듬어 완성하지 못한 주문 유추해내느라 빈 동공 더 깊어져가고 얇은 수맥 따라 이마 위로 떨어져 내리던 언어 마른 입술 축이면 입사각 한껏 키운 빛살 다트 핀처럼 꽂히는 거기,

암각화 위 붉은 꽃잎

—「나의 연애는 아직 푸르다」 전문

시인은 봄의 색깔 중에서 연두("뾰족하게 돋아나는 연두색 촉燭"「풍경」)보다는 "윤기 흐르는 초록"(「숨은그림찾기」), "마중나온 초록"(「일주문」), 바람에 흔들리는 "초록 이파리들"(「문학산 기슭」), "욕심껏 햇살 움켜쥔 진초록"(「초록 가시의 시간」), "굵은 대궁 넓은 이파리 진초록"(「초경5」), "어느 골짜기에선 시퍼렇던 초록"(「삼성제강」)과 같이 초록에 더 마음이 가 있다. 연두가 아동, 초록이 청소년의 시기라면 '푸르다'의 색상인 청록은 연애하기 좋은 시절을 뜻한다. 따라서 '나의 연애는 아직 푸르다'는 선언은 "너무 일찍 눈먼 여자", 즉 너무 일찍 결혼해 자유로운 연애를 할 수 없지만, 사랑의 감정만은 청춘이라는 선언과 다르지 않다.

그리고 '올무'나 '늙은 사냥꾼'은 내면 깊숙이 자리잡은, 금기를 탐하고 싶은 욕망의 비유다. 또한 덤불-올무-사냥꾼-근육과 암각화-여신-질투로 이원화된 연상작용은 암호-새벽기도에 이르러 합일을 시도한다. 새벽기도는 다시 주문-언어로 이어져 "암각화 위 붉은 꽃잎"에 꽂힌다. 시를 다 읽고 나서야 비로소 시적 자아가 서 있는 곳이 암각화 앞이라는 걸 인지할 수 있다. 즉 자유연상처럼 이어진 시어들과 시적 묘사는 바위에 새겨진 아주 오래된 그림의 사실적 표현이고, 시적 자아는 그 암각화를 바라보며 너무 일찍 결혼했지만 '나는 아직 젊다'고 자위하는 상황임을 눈치챌 수 있다. "암각화 위 붉은 꽃잎"에 머문 시선은 이 시의 화룡점정이다. '푸른'이 젊음이라면, '붉은'은 열정(열망)을 상징한다. 중요한 것은 '여기'가 아닌 '거기'는 현실 세계이면서 이상향에 가까운 곳이다. 이상향은 눈으로 볼 수는 있으나 가기 어려운 현실에서 닿기 어려운 세계라는 메시지와 다름없다.

새로 구입한 지도엔 해독되지 않는 난수표처럼 밤의 표면에 얇게 물수제비 뜨며 내려앉는 꽃잎 오아시스 여전히 멀고

여기와 저기

허리 꼿꼿하게 세운 베두인족처럼 내내 옆얼굴만 보여주는 낮달 이름 모를 언덕 지나며 주억거리는 뒤늦은 고해 오늘 낙타가 되어 걸어갈 사막 캄캄하지만 촘촘한 일상쯤 이제 좀 나긋해도 괜찮다고 노곤한 저녁이면 언제나 반걸음 먼저 당도해 불 당겨놓던

거기와 여기

—「찬란燦爛」 전문

배선옥의 시에서 '거리감'은 시작 자아와 사물과의 간격이면서 시간의 관념을 장착한다. 가령 「채석강」에서 "멀리 서라벌의 북소리"는 다른 곳이 아닌 바로 '여기'에 "돛을 내"리고, "미처 묻히지 못한 시간의 갈피"에 머문다. '여기'는 시적 자아가 서 있는 현실의 지점이다. 반면 '저기'는 시적 자아가 머물고 싶은 이상세계다. 하지만 김소월이 「산유화」에

서 노래한 "저만치 혼자서" 피는 꽃의 근원적 고독과는 약간의 차이가 있다. "바로 거기서부터 직진"(「내일」)하는 길, "스르르 빗장 풀고/ 넌지시 일러주는/ 저기"(「다이어트」)의 다이어트, "낙타가 되어 걸어"가고 싶은 사막에서 보는 바와 같이 '저기'는 빠른 세월이나 다이어트, 행복한 여행지에 더 방점이 찍힌다. 물론 시의 밑바탕에 고독이나 허무가 깔려 있음을 부정할 순 없다.

「찬란燦爛」에서는 "새로 구입한 지도"를 펼쳐놓고 현실과 이상, 자아와 타아, 행복과 불행의 거리를 가늠하고 있다. 이상과 현실의 괴리는 즐거운 상상으로 채워진다. '여기'는 지도를 보고 있는 시적 자아와 지도 위 사막, '저기'는 지도 속 사막에서의 상상이다. 상상 속의 사막은 찬란하리라는 기대와 달리 낮달은 "옆얼굴만 보여주"고, "걸어갈 사막"은 멀기만 하다. '캄캄한' 여정을 상상하다가 일상, 즉 현실로 돌아온다. 지도 위 위도와 경도에 시선이 머문다. '거기'는 상상 속 사막, '여기'는 "촘촘한 일상"이다. 지도 속으로의 여행은 "이제 좀 나긋해도 괜찮다"는, "반걸음 먼저 당도해 불을 댕겨놓"아도 좋을 것 같은 마음의 위안과 여유를 준다.

뒤돌아보니 빚쟁이처럼 몰아붙이던 오늘이 서 있다 목덜미 늘어난 스웨터에나 어울릴 구두 같은 표정을 서둘러 다스리지만

일상이 하루도 늦추지 않고 들어오는 월급 같다면 방금 청소 끝낸 욕실 타일처럼 반짝이는 날만 있다면 조금 더 쓸쓸할 거야 암만,

수첩 가득 채운 지도엔 무궁화 삼천리 화려강산 거기와 여기의 축척 계산은 왜 이리 복잡한지 겨울 아침 수돗물 처럼·손 자꾸 곱는다

그래도 주머니에 넣어둔 맑은 눈 눈치 못 챈 거 같으니 다행이다

—「끽동 그 골목에도 불이 켜지기 시작하는 시간입니다」 전문

"거기와 여기"는 '학익동 편지' 연작 첫 편인 「끽동 그 골목에도 불이 켜지기 시작하는 시간입니다」에도 등장한다. 인천 미추홀구에 있는 학익동을 속칭 '끽동'이라 불렀다. 시인은 시간의 갈피에서 '학익동 편지'를 꺼내들고 읽는다. 학익동 편지에는 끽동 그 골목 외에도 517번 마을버스, 언덕배기 그 집, 삼성제강, 모리포, 복개천변, 햇골, 장미아파트 등과 그곳에 사는 사람들의 이야기가 흑백영화처럼 펼쳐진다.

시인은 '학익동 편지' 연작에서는 과도하게 숨기거나 위장하지 않는다. 오히려 외삼촌의 이야기처럼 담담하게 진술한다. 첫 시집 『회 떠주는 여자』의 연작에서 돌아가신 아버지에 대한 그리움을 표현했다면, 이번 시집 연작에서는 아버지(「삼성제강」)와 친정 큰외삼촌(「딸 부잣집」, 「개건너 갈 일이 없어졌다」) 그리고 그곳에 사는 사람들로 이야기를 확장한다. 연어처럼 세월의 물살을 거슬러오른 시인은 '학익동 편지' 연작에서 "잃어버린 시간"(「7080 라이브 카페」)을 복원하는 것에 그치지 않고 거기에서 "주머니에 넣어둔

맑은 눈"과 "푸른 나무 그늘"(이하 「포물선」)에서 "햇단오부채를 준비하고" 기다리는 사람들을 만나 삶의 에너지를 충전한다.

시인은 이번 연작을 통해 삶의 원천이 되는 공간을 회복하는 한편 자아(가족을 포함한)에서 타자까지, 삶의 안에서 밖까지 끌어안으려는 이타적 행보를 보여준다.

화장을 한다 화장수도 발랐겠다 이젠
눈썹 그릴 차례

비대칭 얼굴 균형 맞추려면
멀리 떨어져 봐야 해
이·만·큼
뒤로 물러서니 제대로 보이는군
양팔저울 추 올리듯 비율 맞추는 것도
잘생긴 뒷산 봉우리처럼 입술 그리는 일도

바짝 움켜쥐고 놓치지 않으려 발버둥쳤던
시절
눈썹 비뚤어지는지
입술선 뭉개졌는지 모른 채
발 동동 굴렀지
이·만·큼
뒤로 물러서야 제대로 할 수 있는 걸

이·만·큼

떨어져 나오니

보인다

아직도 진행 중인

사랑

—「이만큼」 전문

배선옥 시인에게 이상과 현실은 '거리', 사랑이나 행복은 '양과 질'의 문제다. '이만큼'의 사전적 의미는 '이만한 양이나 질의 정도'이기 때문이다. 하지만 '이만큼'을 쪼개 형태소로 만들면 본래의 의미를 잃어버린다. 시인은 혼자 자립해 쓸 수 없는 '이만큼'이라는 단어 중간중간에 중점을 찍어 형태소를 만든다. 즉 하나의 의미를 형성하는 '이만큼'을 '이·만·큼'으로 바꿔 양과 질을 거리로 변형한다. 이런 의도성은 얼굴의 "균형 맞추려"는 데서 비롯되지만, 더 자세히 들여다보면 "바짝 움켜쥐고 놓치지 않으려 발버둥쳤던/ 시절"과 뒤로 한발 물러선 현재의 거리에서 비롯된다.

학익동의 "날개치며 달아나"(「시래기를 삶다」)버린, "바짝 마른 풀잎처럼 흔들"(그날)린 시간을 확인하는 것은 "조금 괴로운 일"(이하 「7080 라이브 카페」)이다. 하지만 괴로운 시간이 지나갔든, 현재진행형이든 그 자리를 복원하는 것은 '사랑'이다. "사랑은 완성될 수 있는 거"(「시간의 비늘」)라는 것을 잘 인식하고 있지만, "아직도 진행 중인/ 사랑"을 생각하면 그 시간은 "너무나 평화로운 축복"(「안개주의보」)

이다.

화장의 목적이 과거에는 햇빛 같은 자연의 위협으로부터 신체를 보호하는 것이었다면, 현대에는 아름다워지고 싶은 욕망과 노화 방지 그리고 마음의 풍요와 위안을 얻으려는 것으로 바뀌었다. 어쩌면 "비대칭 얼굴"의 균형을 맞춰 마음의 "균형을 맞추려"는 것일지도 모른다. 시와 삶이라고 무에 다를까. "구석기의 동굴"(「거기, 이제 너는 없고」) 같던 골목의 그 집에서 "눈썹 비뚤어지"고, "입술선 뭉개졌는지 모른 채/ 발 동동" 구르던 시절과 월급생활자의 삶을 시화詩化할 때 선택할 수 있는 것 중 하나가 '숨김과 위장'이었을 것이다. 하지만 생존술에 숨김과 위장만이 있는 건 아니다. 너무 빼어난 위장술은 고립으로 이어질 수 있다. 지나친 화장은 피부를 상하게 할 수도 있다. 그래도 시의 숲에서 "새파랗게 잘 닦인 언어"(「위대한 계보」)의 향연을, 카멜레온의 화려한 변신을 지켜보는 건 상당히 즐거운 일이다.

현대시세계 시인선 156
초록 가시의 시간

지은이_ 배선옥
펴낸이_ 조현석
기　획_ 김정수, 우대식
펴낸곳_ 북인
디자인_ 푸른영토

1판 1쇄_ 2023년 11월 17일
출판등록번호_ 313 - 2004 - 000111
주소_ 121 - 842 서울 마포구 서교동 460 - 34, 501호
전화_ 02 - 323 - 7767
팩스_ 02 - 323 - 7845

ISBN 979-11-6512-156-3　03810

본 도서는 인천광역시와 인천문화재단의 후원을 받아
'2023 예술창작지원사업'으로 선정되어 발간되었습니다.

책값은 뒤표지에 있습니다.
저자와 협의 아래 인지를 생략합니다.